À PRÉSENT

Brigitte Giraud est née en 1960 à Sidi Bel Abbès (Algérie). Elle vit à Lyon. Elle a écrit deux romans : *La Chambre des parents* (Fayard, 1997) et *Nico* (Stock, 1999).

Paru dans Le Livre de Poche :

NICO

BRIGITTE GIRAUD

À présent

STOCK

[...] c'est lorsqu'on croit avoir tout perdu
que le souvenir vous revient du bonheur enfui
et que vous comprenez parfois dans un sursaut
l'importance de ce qui vous a échappé.

Frédéric-Yves Jeannet, *Charité*.

Le rock'n roll ne ment pas.
Il ne promet jamais une fin heureuse.

Lou Reed.

Pour Théo

Ce soir, Claude est mort. Je l'aimais.

Ma vie s'arrête et commence en même temps. Pour éviter de nommer l'événement, je dis *avant* et *à présent*... Avant, comme s'il s'agissait d'un pays, vaste territoire luxuriant, mon continent. Avant, bien sûr, c'était blanc, lumineux, léger, évident. Avant, c'était lisse, excitant parfois, nous étions immortels et cyniques. Nous étions vivants. La mort des autres ne nous bouleversait pas, nous employions des verbes comme *clamser*, nous étions des héros. Nous étions spirituels et énervés. Nous avions le sens du détail, nous étions souvent insatisfaits, impatients. Nous exigions de la vie qu'elle soit parfaite. Nous avions nos critères, en toute innocence. Nous mettions en scène notre arrogance ordinaire. Nous organisions nos drames quotidiens, nous faisions des reproches à l'autre quand il n'avait pas pris le pain. C'était avant, c'était ailleurs. C'était nous.

Ce soir, Claude est mort et moi je suis vivante. Il me quitte sans l'avoir voulu, par inadvertance. Il me laisse avec mon désir, avec mes questions. Je suis à l'hôpital, accompagnée par G. La dame du bureau des entrées demande ma carte d'identité ainsi que le numéro de la mutuelle. Elle nous désigne des chaises en plastique orange. Je dis merci. Je fais exactement ce qu'on me demande. Assis sans parler, mon ami et moi, interdit de fumer. Je porte des sandales de cuir marron, légèrement trop grandes, mes pieds bougent tout seuls. Il est environ vingt et une heures. Claude a eu un accident de moto, il est au bloc opératoire.

Jusqu'ici, nous sommes dans la trame de notre histoire, je peux encore dire nous. Je suis à l'hôpital, rien n'est joué, rien n'est définitif. Je pense qu'un accident, c'est idiot. À trois jours d'emménager, c'est pas malin. J'ai envie de l'engueuler, de le consoler aussi. Il paraît que l'épaule est touchée. Je l'imagine avec un plâtre et un visage furieux. Je n'ose m'agiter. Je ne soupire pas. Je ne fais pas les cent pas. J'ai l'air calme. J'attends la suite.

La suite prend des heures. La nuit tombe. Nous faisons des allers et retours entre la maison et l'hôpital, parce qu'on nous interdit d'y rester. On gêne. On nous met gentiment dehors. On nous évince. Nous fumons dans la voiture. Moi qui n'ai plus fumé depuis deux ans, je tire ma première bouffée. Ce n'est pas agréable mais je ne peux rester sans rien faire, sans rien. Je fume près de quelqu'un qui fume. Je retrouve cette sensation oubliée, inspirer, rejeter la fumée par la vitre ouverte. Déposer la cendre au bon moment, au bon endroit, ni trop vite ni trop tard. Jeter la cigarette au-dehors dans un geste qui en dit long. Vivre au rythme de la cigarette quand le rythme du monde autour s'est retiré. Fumer dans l'attente, imprimer chaque seconde. Je trouve que ça commence à durer cette histoire de bloc opératoire. L'accident a eu lieu à seize heures trente, peu avant la sortie des classes. Il est plus de vingt-deux heures. Quelque chose ne colle pas. On ne peut qu'émettre des hypothèses, en silence.

On ne se dit rien, on ne se regarde pas. On s'interdit de penser, d'imaginer. On roule à travers la ville, dans la douceur du soir. On n'a pas de but. On s'invente un objectif : rentrer chez moi, puis un autre : retourner à l'hôpital. On se dit qu'entre les deux, on finira par avoir une information. Je ne suis pas en colère, ni après Claude ni après l'hôpital. Je n'éprouve rien qu'une inquiétude confuse. Un sentiment pas familier. Je sais que je vis quelque chose d'exceptionnel, d'inédit. Des instants rares dont on reparlera sans doute après. On en rira, même, quand tout sera terminé. On rit de tout après, on se repasse la scène, on la raconte, on exagère. On dit la peur qu'on a eue. On se laisse aller à déformer. On amplifie, on en rajoute, on ment. On attend ce plaisir-là : le privilège de raconter, tous ensemble autour d'une table. On aime flirter avec le danger quand on est hors d'atteinte, on joue avec la mort, c'est un bon sujet de rigolade. Quand on en a réchappé.

Puis le moment arrive où je sais. Peu avant minuit. « On n'a rien pu faire » : la phrase qui marque la frontière entre l'*avant* et l'*à présent*... « On n'a rien pu faire. » On est déjà dans le rien. C'est la fin de l'histoire. C'est aussi simple que cela. On est vivant, après on est mort. La peau est chaude, puis elle est froide. On a plein de choses à dire, mais on se taira. Les yeux sont ouverts, les yeux sont fermés. Je n'ai pas revu ses yeux d'un velours sombre. « On n'a rien pu faire. » Je suis muette. Je suis calme, étrangement. Qu'est-ce qui sépare la vie de la mort ? On est tout, puis on n'est rien. Rien. On n'a plus de voix, on n'aime plus, on ne sait plus. Qu'on a une femme, qu'on a un fils. Que c'est l'été et qu'on doit emménager dans une nouvelle maison. Qu'il y en a pour des mois de travaux. Qu'on avait choisi de ne pas prendre de vacances pour poncer, décaper, peindre. On est dans la vie, c'est normal, après on est mort et personne n'est habitué. Alors vous improvisez. Vous faites du rien avec du rien. Vous devez rester vivante, parce que vous avez un enfant, cela vous le comprenez tout de suite. Celui que vous aimez devient un corps. Vous entendez dire « le corps ». Il n'a plus de nom, plus de consistance, plus de désir. Plus rien ne passera par lui, il ne réclamera pas, ne donnera pas son avis, ne dira jamais sa douleur. Il est une masse inerte. Tout lui est égal. Qu'est-ce qu'on peut faire avec un corps sans vie ? Rien, on ne peut rien en faire. On n'a plus qu'à le mettre dans un coin, le soustraire à sa vue. On doit vivre cette réalité-là.

Deux médecins nous reçoivent, G. et moi. Ça dure cinq minutes. Assis dans un petit salon obscur. Je pourrais poser des questions, demander des détails. Je me contente d'écouter. J'entends une enfilade de mots comme hémorragie, arrêt cardiaque, fracas du côté droit. J'entends fracas. J'entends réanimation. J'entends un orage de grêle, un déferlement. Ils me persuadent que c'est mieux ainsi. À cause des séquelles. Ils laissent planer l'ombre d'un drame plus grand encore. Ils évoquent le pire, l'escalade du pire. Je n'ai pas le choix, c'est sûrement mieux ainsi, puisqu'ils le décident. Claude est mort et c'est mieux, que je me mette ça dans la tête. Puis ils demandent si je veux « le » voir. Je suis surprise par la proposition. Je dis oui, bien sagement. Et c'est là que ça commence vraiment. Ça ne sert à rien de l'écrire parce que personne ne le croira jamais. Vous êtes debout dans une pièce avec du carrelage sur les murs. Il y a un lit-chariot au milieu. Vous avez une grande housse de plastique blanc avec une fermeture Éclair. Dedans, c'est l'homme que vous avez quitté la veille pour aller à Paris. Il n'y a que la tête qui dépasse. Le visage est légèrement blessé sur la pommette gauche. Vous êtes attendrie par le tout petit pansement. Mais surtout le visage est déformé du même côté. Une tête au carré, comme les dessins de Pierre La Police qui le faisaient rire chaque semaine dans *Les Inrockuptibles*. Vous êtes debout et vous regardez. Vous ne pouvez pas lui dire que vous êtes là. Il n'en a rien su que vous seriez là, vivante, et lui mort. Alors vous ne savez pas combien de temps rester. Toute la nuit ou trois minutes. Pour la première fois, le sens vous échappe. Il n'y a plus de sens. Rester, partir, tout est égal. Vous êtes seule désormais à décider. Vous faites ce qu'on attend de vous. Et au lieu de vous mettre à hurler, de tout casser, de péter la gueule aux médecins — qui sont déjà partis —, vous êtes là, sans réaction. Vous dites merci, vous dites pardon, vous êtes pétrie des bonnes manières inculquées depuis toujours. Vous avez sous les yeux l'homme avec qui vous avez vécu vingt ans qui vient de se tuer en moto, il est dans une housse, ses yeux sont fermés pour toujours, et encore vous dites merci et s'il vous plaît. Vous ne demandez rien. Absolument rien. Rien ne vous vient à l'esprit. Vous vous seriez presque excusée du désagrément. C'est répugnant. La politesse soumise de la classe ouvrière, la honte de déranger. Toujours la même chose. Vous ne voulez tellement pas déranger que vous ne savez pas à quelle heure il est mort. Ça vous a échappé. Il vous faudra trois mois pour connaître l'heure de sa mort. On vous dira une fois au téléphone : « Est-ce vraiment important ? » Tout ce que vous osez demander est de couper une mèche de cheveux, et encore d'une petite voix embarrassée. Mais on ne vous laisse pas faire. L'employé de l'hôpital (celui assigné aux sales besognes) qui est dans la pièce depuis le début s'en charge lui-même avec un rasoir. Et ça vous contrarie qu'il le fasse avec un rasoir, parce que ça laisse une marque sur la tempe et ça fait un petit bruit pas net, un grignotement de souris. Déjà vous êtes dans le détail. Dans la logique de la mort. Seuls les détails peuvent désormais vous maintenir en vie. Vous allez vous raccrocher chaque seconde à un détail ridicule, puisque l'essentiel n'existe plus. Je tends une main vers lui, je le touche, la chaleur s'est retirée. Le dessin des lèvres, la barbe de trois jours, les sourcils épais. Vous avez la mèche de cheveux noirs dans la main, vous levez la tête, cherchez le regard de votre ami. Après nous marchons dans le couloir, mes sandales font clac-clac sur le sol, un petit bruit déplacé que je ne peux pas empêcher. Je sais encore marcher, descendre un escalier, me tenir à la rampe.

Claude ne m'a pas attendue. Pas d'au revoir. Il ne m'a pas attendue et je n'en reviens pas. Mort pendant mon absence, alors que j'ai le dos tourné. Je ne comprends pas. Je ne comprends pas. Pas un mot, un dernier mot pour moi, un geste, une étreinte. Je me souviens du petit baiser quand je suis partie à Paris. Un petit baiser léger devant le portail de notre nouvelle maison, trois fois rien, un frôlement. Pourquoi on ne s'embrasse pas comme si c'était la dernière fois ? Pourquoi je ne l'ai pas serré dans mes bras ? Je vais à Paris et il meurt. Il en meurt ?

Nous nous présentons au bureau des entrées pour obtenir — parce que la loi l'exige — un certificat de décès. Ce n'est pas moi qui sais cela. G., qui a déjà eu affaire à la mort, a acquis certains réflexes. On nous propose de revenir demain. Évidemment, à onze heures du soir, ça n'arrange personne. Je dis que je ne reviendrai pas. Je ne traverserai pas la ville une nouvelle fois. Un homme sorti de l'ombre nous tend un sac-poubelle bleu volumineux sur lequel est collée une étiquette : *Claude S. 02. 06. 58. Déchocage.* Les affaires de Claude me sont restituées dans un sac-poubelle, ainsi qu'une enveloppe de papier kraft sur laquelle est noté à la main : *un bracelet, un trousseau deux clés, un trousseau sept clés, une carte Visa Banque de Savoie, une carte Ville de Lyon, un Chèque-Restaurant, un portefeuille noir, une carte Vitale, papiers véhicule, permis de conduire, carte identité, carte électeur, deux francs dix centimes*. Voilà. Je ne me rends compte de rien, qu'il manque sa montre, par exemple.

Il est plus de minuit, je suis seule dans l'appartement. Le sac-poubelle bleu est devant moi. Je l'ouvre, je l'ouvre pas ? « Déchocage ». Je tire sur la ficelle. Je plonge mon bras au fond. J'en retire son Perfecto découpé en deux dans le sens de la hauteur, son jean beige découpé à l'entrejambe, sa chemise avec une toute petite tache de sang, sa paire de Clarks noires. J'ignorais comment il était habillé aujourd'hui. Il y a aussi la ceinture que je venais de lui offrir et qu'il n'aimait pas. C'est la première fois qu'il la met. Je suis dans la salle de bains. Les affaires sont sur le lino mal nettoyé. Ça sent le cuir. Je les remets dans le sac. Je ne sais pas où mettre le sac. Il prend toute la place, il pèse lourd. Je marche dans l'appartement, pour me distraire du sac. J'avance le long du couloir, jusqu'à la chambre dont je n'ose pousser la porte. Je rebrousse chemin. Je m'installe dans la cuisine, la pièce la plus familière. Je m'assieds sur le banc revêtu de coussins. Je regarde autour de moi. Je cherche les traces. De sa dernière journée sans moi. Je cherche un indice qui me dirait pourquoi il a accéléré comme un fou sur une moto qui n'était pas la sienne. Je passe en revue la vaisselle sur l'égouttoir, je m'attarde sur les torchons pendus à leur place, je feuillette le courrier sur un coin de la table. Elle est propre, bien essuyée. La poubelle n'a pas été vidée. Rien dans la poubelle qui réponde à ma question. J'ouvre le frigo : il reste des lentilles aux lardons, du lait, des yaourts, du fromage. Dans le placard, tout est en ordre. Je reste longtemps dans la cuisine. J'ouvre la fenêtre et pour la première fois, la vue sur le Rhône m'échappe. Je ne cherche pas à localiser la lune. Je respire l'air du début de l'été chargé de l'odeur sucrée des tilleuls. Au salon, il y a des mégots dans le cendrier. Quatre cigarettes fumées probablement hier soir. Je trouve un disque de Kat Onoma dans la platine : *Cheval mouvement*, texte d'Olivier Cadiot, musique de Rodolphe Burger. En ouvrant le coffret hors série, je tombe sur un texte de Pierre Alféri *Filmages* que je n'avais pas encore pris la peine de parcourir et qui annonce, me semble-t-il, son prochain livre *Le*

Cinéma des familles. Pourquoi on n'en a pas parlé ensemble ? Pourquoi c'est trop tard ? Le cadeau de la fête des pères est sur la table basse : une petite plante carnivore qui ferme ses clapets quand on la touche. Il y a deux messages sur le répondeur. Un de T. et un du commissariat. Je m'enfonce dans le fauteuil en cuir brun acheté aux puces il y a plus de dix ans. Je me fais toute petite dans le fauteuil. Si je pouvais disparaître, engloutie, et hop. Je pénètre dans la chambre de T. Le parquet craque. Je n'éclaire pas. Il y fait chaud. La chambre, déjà vidée de ses jouets, n'est pas en désordre. Je n'ai rien à faire là. Je ne sais pas ce que j'ai voulu vérifier. Je fuis. Je finis par ouvrir la porte de notre chambre. Au pied du lit, il y a le livre que Claude venait de terminer, *Psychotic Reactions & autres carburateurs flingués,* de Lester Bangs, un critique de rock américain. Je feuillette les pages à propos de Lou Reed et je lis : *Vivre vite, jouer au méchant, tout saloper, mourir jeune*. Il y a un pantalon sale sur un fauteuil, la paire de jumelles sur le rebord de la fenêtre. Je trouve quelques-uns de ses cheveux noirs sur l'oreiller et son odeur contre laquelle j'enfonce la tête. J'éteins et la première nuit commence.

Arrive un moment où je dois mettre le pied par terre. Parce que ça sonne chez moi. Il est sept heures du matin. G. est là, qui n'a pu fermer l'œil de la nuit. C'est lui qui fait le café, qui prend les choses en mains. Il est debout. Il est fort. Il est indispensable. Nous roulons vers le commissariat. Deux agents un peu coincés nous donnent les premiers éléments. Ils nous dirigent vers le commissariat du sixième arrondissement où a eu lieu l'accident. Je me laisse trimballer depuis le début. Je monte en voiture, descends de voiture, mets un pied devant l'autre, je dis mon nom, je dis oui, je confirme l'orthographe, je hoche la tête. On me ménage. Les deux agents en sont le parfait exemple. Ils me tendent un siège, ils me disent madame, ils me disent je vous en prie. Ils ne vont pas jusqu'à me proposer un verre d'eau.

À la maison, tout le monde débarque. Mes parents, mon frère, les amis déjà avertis. Le téléphone sonne sans arrêt. Je répète des dizaines de fois la même chose. J'ai besoin de dire et de dire encore qu'il est mort, c'est moi qui demande aux amis d'appeler, je fais passer le message, appelez, n'importe quand, appelez-moi. Je mâche et remâche sa mort, comme pour m'en convaincre et plus je répète, plus je m'éloigne, je suis déjà loin, ailleurs, ce n'est plus moi, c'est une autre qui prend la relève, moi j'ai disparu en même temps que lui.

Le petit couloir est vite encombré. Quand on m'embrasse, on me serre fort. On ne rentre bientôt plus dans la cuisine. On se gêne, on ne fait rien, incapables de prendre une décision, on reste silencieux, de peur de dire une énormité, chacun veut rendre service. Je ne vois pas ce qu'on peut faire de plus pour moi. On est là, on est ensemble. On fait cet apprentissage tous en même temps. On me recommande de manger quelque chose, n'importe quoi. Je trempe ma cuiller dans une compote et je sens qu'on me regarde. Ma mère me fait prendre du Spasmine, un médicament à base de plantes, qui endort. Nous sommes mercredi, T. est parti pour la journée avec l'école au bord d'un lac. Je dois aller le chercher à seize heures trente. Il me reste deux heures avant de lui annoncer. Je passe à l'improviste chez son pédiatre pour avoir son avis (comment dire à un enfant de huit ans que son père est mort ?). C'est une amie qui a pensé au pédiatre. Je n'aurais pas eu l'idée. Ce que me conseille le médecin est clair : « Dites-lui la vérité avec des mots simples. » Et là, le pédiatre me parle de lui pour la première fois, il me dit que son père est mort en déportation, que lui-même avait deux ans et son frère l'âge de T. Il me dit, ou c'est moi qui en déduis, qu'un enfant peut grandir malgré ça. Je me raccroche à ses paroles. Je me dis c'est possible, c'est possible de se construire malgré ça. Je rabâche en rentrant. Je suis à pied. Je rabâche, les mots du pédiatre tournent en boucle. J'avance sur le trottoir, rien n'existe que ces mots. La chaleur est écrasante. Je vais attendre T. à l'école. Nous marchons côte à côte sur le chemin du retour, nous parlons de choses et d'autres. Je lui demande ce qu'il a pratiqué comme activité, et hier, sa petite fête s'est-elle bien passée ? A-t-il bien dormi chez son copain ? Je fais durer, je le regarde, je le scrute. Je sais que c'est la dernière fois que je verrai ce visage-là, d'avant l'inquiétude et la peur. Il porte un short, des sandalettes et un sac à dos léger. Un petit garçon comme tous les autres, je le prends par la main, nous grimpons la pente jusqu'à la maison.

T. est assis sur le canapé, je suis accroupie près de lui. Je lui parle, ma phrase est courte, ma voix est douce, celle que j'emprunte souvent quand je m'adresse à lui. Il comprend tout de suite ce que je lui dis. Il accepte d'entendre. Nous sommes là, mes mains sont sur ses genoux, sur ses mollets, sur ses poignets. Mes mains sont dans ses cheveux trop longs. Je n'ai rien de plus à dire, j'ai aligné les mots les plus violents qui soient, avec dans la même phrase le mot papa et le mot mort. C'est de ma bouche qu'est sortie la chose horrible. Au moment de se coucher, T. va chercher le grand foulard indien de Claude, se drape dans le coton et s'allonge. Mes parents restent dormir à la maison. Je leur donne ma chambre. J'installe un matelas pour moi dans celle de T. Je prends deux comprimés de Spasmine. Rideau.

Re-Spasmine le matin avant de partir au commissariat du sixième arrondissement chargé du rapport de police. C'est un sous-brigadier qui nous reçoit, mon père, mon frère et moi. Quelqu'un probablement formé à la psychologie, parce qu'il est parfait. Mon père et mon frère (c'était sa moto) posent toutes sortes de questions. Le sous-brigadier nous montre un croquis réalisé par ses soins : les voies de circulation, le lieu de l'impact, les distances de freinage, le nom des rues, les numéros pairs et impairs. Boulevard des Belges, angle rue Jacquier. Jamais entendu parler de cette rue. Je n'ai que ce nom en tête : rue Jacquier. Claude a chuté à l'angle de la rue Jacquier. Il nous parle des pompiers qui sont intervenus les premiers. Il réclame poliment des papiers et ma signature. Il rédige un rapport et me demande d'acquiescer toutes les deux lignes. Je suis forcément d'accord, je découvre les faits en même temps qu'il les énonce. J'ai du mal à maintenir mes yeux ouverts, ma tête penche tout à coup vers l'avant. Le sous-brigadier doit s'en rendre compte. Il m'apprend les circonstances — énigmatiques — de l'accident, et moi je manque de m'endormir sur le bureau. Je ne dis rien. Je lutte pour rester éveillée. Les détails m'échappent, l'enchaînement des phrases m'échappe, ça va trop vite pour moi. Mon frère parle, s'agite, fait des gestes. Sa voix remplit tout l'espace. Il ne comprend pas comment c'est arrivé. Il met en doute la parole du sous-brigadier. Il secoue la tête. Quelque chose ne va pas. Et moi je m'efforce de rester assise sur ma chaise, de ne pas glisser sous le bureau par inadvertance. Personne ne soupçonne à quel point je fais des efforts. Le casque intégral est là, il nous le restitue. Il parle de témoins qui n'ont pas encore fait leurs dépositions. Le rapport de police prendra environ trois mois, il me sera transmis aussitôt. Je dis oui, oui et encore oui.

Si j'ai bien compris, Claude a eu un accident seul, en démarrant à un feu. Grosse accélération, perte de contrôle de la moto, éjecté sur la voie d'en face, fauché par une voiture. Les raisons de la perte de contrôle ne sont pas connues. J'apprendrai plus tard (bien plus tard) que la moto qu'il conduisait ce jour — une Honda CBR 900 — est interdite au Japon parce que trop dangereuse. Réservée à l'exportation.

La matinée est passée. Je m'en remets aux démarches à accomplir. Tout sauf le vide. Plutôt les pompes funèbres que rien. Je ne sais plus ce qui est normal ou non, ce qui est réel. À quel moment on bascule ? Vous trouvez ça normal vous, de discuter de distance de freinage et de puissance d'accélération avec un sous-brigadier dans un commissariat ? Vous trouvez normal d'être dans la voiture de votre père et de téléphoner sur le portable de votre frère, alors que vous ne savez plus qui vous devez appeler et êtes incapable de vous servir du téléphone ? C'est mon médecin que j'appelle. Elle peut me prendre avant midi. Nous pressons. J'ai un emploi du temps chargé. Je raconte l'histoire une nouvelle fois à mon médecin (qui était aussi celui de mon mari). C'est la première fois que j'ai une histoire aussi sensationnelle à raconter. Ça me dégoûte d'avoir un truc pareil à dire. Mon mari est mort, ça jette un froid, ça donne toutes les excuses. Les regards convergent soudain, je suis au centre d'un phénomène énorme, l'œil du cyclone. Je ne veux pas me faire plaindre et cependant je laisse faire. J'ai horreur de la vie qui est la mienne, j'ai horreur de la ligne qui est inscrite dans ma main gauche et qui se brise en plein milieu. Je ressors de chez le médecin avec des mots réconfortants et du Lexomil. J'entre dans la communauté des consommateurs d'anxyolitiques. Et c'est vrai que ça marche, le Lexomil. Un quart le soir au coucher, et vous dormez, ne serait-ce que quelques heures. Je n'ai jamais compris cela. Claude est mort, et moi je dors. Je voudrais qu'on m'explique cette aberration, ce mensonge qu'est le sommeil. Pressons encore. Rendez-vous l'après-midi aux pompes funèbres.

Dans la voiture de G. (qui a pris des congés), nous traversons la ville jusqu'à l'avenue Berthelot. Nous fumons, les vitres ouvertes. Nous attendons dans une salle où il y a plusieurs guichets. Ensuite, il faut répondre à des questions, le plus naturellement possible. Je donne un exemple : « Faites-vous pratiquer des soins de conservation ? » Pour que je puisse me décider, l'employé m'apporte une indication de prix : environ mille francs. Mon cerveau est bloqué. Soins de conservation ? Je ne sais pas. À quoi ça sert ? En même temps, je ne veux pas avoir l'air trop gourde. « Pour que le visage ait une meilleure présentation », précise l'employé, comme si j'étais la dernière des idiotes. Pour qu'il ait l'air un peu moins mort, c'est bien ça. Je dis d'abord non, après je dis oui, après je dis « Si vous voulez ». Jusqu'au dernier instant, et même au-delà, le souci des apparences prend le dessus. Alors je dis non, pas de soins de conservation. Puis je pense à T., donc je dis oui. Quand je ne sais pas répondre, je me tourne vers mon ami. Lui il sait ce que j'ignore. Pourquoi les autres, les gens normaux à qui il n'arrive pas des choses pareilles, sont tous au bureau à cette heure-ci, pourquoi les autres sont-ils en train de choisir l'itinéraire de leurs vacances, et moi je suis séquestrée aux services funéraires municipaux ? Je ne suis pas près d'en sortir, mon cas semble compliqué. Parce que je ne veux pas me laisser refiler n'importe quelle concession dans n'importe quel cimetière. Soudain, je sais ce que je veux. Et, manque de chance, ça ne correspond pas à ce qu'ils veulent, eux. Je n'accepte pas que Claude soit inhumé loin, dans un lieu qui n'a jamais eu aucune réalité pour lui ni pour moi. Je préfère (dans cette situation-là, on a encore des préférences, c'est comme ça) le cimetière près de chez nous, près du marché, près de la jardinerie, près des cafés, près de la vie. Mais ce n'est pas possible. Interdit. Niet, pas question. À cause d'un problème de domicile, de découpage administratif, à cause d'un code postal. C'est la loi. C'est écrit dans les textes. C'est la logique économique, sinon c'est l'anarchie, chacun fait n'importe quoi. Je reste sur mes positions. J'ai trouvé mon point de résistance sans le vouloir. Ma demande sème la pagaille. Il faut avoir recours à la hiérarchie, déranger les chefs, parce qu'une bonne femme s'est butée sur une histoire de concession. Une concession de trente ans (deux mètres carrés) coûte 7 680 F TTC. J'effectue un achat important. Je n'ai pas droit à l'erreur. Il est plus de dix-sept heures. Les employés des pompes funèbres veulent rentrer chez eux. Il nous faudra revenir demain. La concession devient mon combat, l'unique bataille que je peux encore livrer. Détail, encore un. Mais là où il ne reste rien, autant imposer le dérisoire.

Ça fait trois jours que Claude est mort. La nuit est finie. Je mets le pied par terre. T. va en classe, ce soir il y a la fête de l'école. Je veux poursuivre ce qu'on a commencé. Si on s'arrête en route, on est foutu. Continuer d'avancer, même si on ne sait plus dans quelle direction. Demeurer dans le mouvement. Ne pas s'arrêter, jamais, pour ne pas pourrir. On appelle cela l'instinct de survie. D'un coup, l'instinct de survie vous tombe dessus. Oui, c'est bien lui. Il s'occupe de vous, il vous empêche de mourir. Il agit dans l'ombre, vous ne lui avez rien demandé. C'est automatique. Et pourtant vous ne voyez pas une raison de vous lever le matin. Vous vous levez quand même, vous enchaînez les minutes, votre seule ambition est d'arriver au soir. Et le soir, d'arriver au matin. Vous n'êtes plus qu'une unité de temps, obnubilée par l'action.

La fête de l'école commence à dix-huit heures. Nous sommes là, mes parents, T. et moi. J'ai le sentiment de quelque chose de monstrueux. Claude est mort et nous sommes dans la cour de l'école, assis sur un banc, attendant l'ouverture des festivités. Cette année, j'étais volontaire pour la buvette, mais quelqu'un a pris ma place. Je ne bouge pas du banc, j'essaie de tenir assise normalement. Je ne croise que des visages connus. Je fais des petits signes de la tête. Je me demande chaque fois si la personne sait. Sur la porte de l'école, le directeur a affiché une petite feuille annonçant le décès du papa de T. Je me souviens du mot tristesse tapé à la machine. « Nous apprenons avec tristesse ». Je ne devrais pas être là mais je suis là. Je devrais être nulle part mais il faut bien que je me case. Je suis là parce qu'il est impensable de manquer la fête de l'école. Aucun parent ne se défilerait ce soir-là. T. a préparé un spectacle avec les enfants de sa classe, une chorégraphie. Il n'est pas au point. Il a manqué les derniers jours et n'a pu assister aux répétitions. Il ne renonce pas, prend sa place dans le groupe. Mais ça ne marche pas. Il n'est pas dans le rythme. Il est à côté, il est en dehors. Il regarde l'institutrice qui esquisse les pas. Il demeure immobile, fait une dernière tentative puis finit par quitter la scène. Je n'ai pas de mot, pas de geste à la hauteur de sa rage. Je fais, en même temps que lui, l'apprentissage de l'échec et de la différence.

Nouvel épisode aux pompes funèbres. Nous reprenons la voiture, G. et moi, nous traversons la ville en travaux, nous manquons d'air. Oui, c'est bien moi qui pose le problème de la concession. On m'envoie une employée briefée sur la question. Charmante, compétente, mais inflexible. La situation est inextricable, nous sommes obligés de magouiller, « à moins de faire intervenir un élu ». Nous magouillons. Après, il faut choisir le cercueil. On nous conduit dans une pièce où les cercueils sont debout, entrouverts. Je reste dans l'embrasure de la porte, je n'ai pas de compétence pour choisir, pas d'exigence, pas de préférence. La seule chose qui me choque est le crucifix vissé sur le couvercle, argenté et hideux. Pas de crucifix. On est tenus de garder les poignées, bien sûr, elles aussi argentées style « rosace » et hideuses. Retour au bureau après la désignation du cercueil. Le devis sort de l'imprimante. Tout est impeccablement prévu : convoi, maître de cérémonie, creusement à deux mètres, capiton de taffetas blanc ouate cent grammes avec rabat froncé, lot de dix cache-vis argentés... À prévoir aussi : vacation de police, taxe d'inhumation, taxe de convoi. Est-ce que nous avons des questions ? Pas de questions.

Des messages arrivent sur le répondeur. Je rappelle systématiquement ; je suis incapable de me tenir à distance. Les voix qui arrivent jusqu'à moi sont, minute par minute, ma planche de salut. Je manque de discernement. Je ne parviens pas à identifier les voix qui se seraient volontiers contentées du répondeur, qui espéraient n'avoir que le répondeur. Je note tout sur un carnet. Le nom, le numéro de téléphone (il m'arrive de le rechercher). Je réponds à l'appel, je m'accroche, ce qui provoque parfois des conversations déplacées. Il m'arrive d'avoir au bout du fil des personnes que je n'ai jamais rencontrées, qui entretenaient une relation — le plus souvent professionnelle — avec Claude. Je dis que Claude m'avait parlé d'elles, qu'il avait de l'estime, de l'admiration, de l'affection... J'essaie d'être honnête. Les conversations sont brèves, presque mécaniques. On est le plus souvent surpris que je rappelle, un peu gêné. Un courrier aurait fait l'affaire. La voix à l'autre bout n'est parfois rien d'autre qu'une voix — pas de visage, pas de décor. Le plus souvent, le timbre est grave, de circonstance, alors que ma voix n'est pas du tout dans le ton, je le sens bien. Ma voix est extérieure à moi, elle se fraie un chemin sans détour, elle énonce les faits, elle dit la stupeur, la violence de l'événement, sans lamentations. Ma voix contrôle ce que je ne contrôle plus, elle est sereine, sage, ne veut pas inquiéter. Je la déteste.

Il m'arrive aussi de laisser des messages sur des répondeurs, de le faire exprès. J'appelle pendant les heures d'absence. Je me jette sans filet et m'entends prononcer des phrases biscornues. Au lieu de dire qu'il est mort, je dis « il n'a pas survécu », « il n'en a pas réchappé ». Mort est un mot que je ne peux pas laisser sur un répondeur. Je m'entends dire souvent « voilà ». Comme un point final, l'ultime ancrage de toute une vie. Je n'appelle aucun téléphone portable, évidemment. J'ai besoin d'un point fixe, une permanence.

Le téléphone est posé sur le parquet. Il ne reste plus que l'appareil dans le salon, vidé de son contenu en prévision du déménagement ; mon petit carnet et un stylo. Les livres et les disques sont dans leurs cartons. Seul le grand miroir est encore contre le mur. La table basse et sa plante carnivore ainsi que le ficus que m'avait donné M.-H. ont changé de place : ils se sont avancés vers la sortie.

Chacun réclame la date des obsèques. Je n'ai pas la date. Chacun veut prendre ses dispositions, c'est-à-dire une demi-journée dc congé. Je suis désolée mais je n'en sais rien. Ça dépend de l'autopsie. Encore un mot qu'il faut apprivoiser : l'autopsie. Parce qu'il y a mort violente. Je dois imaginer ce que seront les obsèques, œuvrer pour que ce moment ne soit pas une aberration. Je n'ai pas envie d'une église, ni d'une messe, ni de la parole d'un prêtre. Et c'est pourtant ce qui va arriver. Je tente de trouver une alternative. Qui pourrait me prêter l'espace, le havre que je recherche ? J'explore mollement quelques pistes qui n'aboutissent pas. Le cas est difficile. J'échoue avant même d'avoir commencé. Je me conforme à la tradition et méprise ma complaisance. Je manque de temps, forcément. Je manque de détermination. Je me laisse glisser sur la voie déjà tracée par des siècles de pratique chrétienne. La machine est en route, impossible de l'enrayer. Ce dont je suis sûre : je n'accepterais pas que Claude soit mis en terre sans que tous ne soient réunis pour un hommage, un adieu véritable. Je me souviens de l'inhumation de mon grand-père paternel (j'avais alors vingt ans), enterré sans paroles, sans recueillement, sous le prétexte qu'il était communiste (ce qu'on avait omis de me préciser). L'impression pénible d'un devoir bâclé.

Je me retrouve, accompagnée par la femme de G., dans la paroisse d'un jeune prêtre dont on m'a dit qu'il avait l'esprit « ouvert ». Je suis confiante. Je n'ai guère le choix. T. est présent. Pendant l'entretien, il dessine sur mon carnet un arbre qui n'en finit plus de produire des feuilles (à moins qu'il ne s'agisse d'un incendie) et des toiles d'araignée. Je n'aime pas le regard du prêtre, empreint d'une lumière suspecte. Je n'aime pas la façon dont il prononce le prénom de Claude. Je n'aime pas son humilité de circonstance, sa compassion changée en syllabes mouillées. Il voudrait me faire croire que Claude est là parmi nous, ses yeux sont prétendument habités par sa présence. Moi je vois bien que Claude n'est pas là, c'est pas la peine de se fatiguer. Je ne demande pas au prêtre qu'il me raconte des histoires. Je ne lui demande rien en fait, je ne peux pas passer outre, c'est tout. Je parle de Claude et il prend des notes. Le seul service qu'il peut me rendre est de restituer, le jour des obsèques, la parole qui lui est transmise. Je ne sais pas s'il me comprend, si nous parlons la même langue. Je lui dis que Claude était un spécialiste des musiques novatrices, j'insiste sur novatrices, exprès. Je précise que c'était une grande partie de sa vie (je lui fais grâce des termes house, jungle, techno, trip-hop etc.), qu'il en avait fait sa profession. Je dis que Claude était né en Algérie, qu'il en avait gardé un lien étroit avec la Méditerranée. Le prêtre note toujours, docile. Je me borne à ces deux grandes lignes, le reste me semble hors champ, incompréhensible : le questionnement, la dépression, la recherche de sens qui l'avaient torturé tout l'hiver. Et c'est tragique de voir que quarante ans d'existence peuvent se résumer en quelques mots, parce qu'il faut faire bref et pas compliqué.

Vient ensuite le problème de la musique pendant la cérémonie. Mon souhait est qu'il n'y en ait (justement) pas. Ma première idée fut de diffuser un morceau d'Iggy Pop ou de Lou Reed, ou encore de Tindersticks, ou pourquoi pas, une chanson de Dominique A. Puis je me suis ravisée, craignant que chacun ne s'effondre. On sait de quoi est capable la musique. Je ne voulais pas d'un hommage complaisant qui joue sur la corde sensible. Donc, je décide qu'il n'y aura pas de musique du tout. Je pense aussi à Pascal Quignard et sa *Haine de la musique*. Pas de musique. Le prêtre ne comprend pas. « Vous n'y pensez pas, ça va être sinistre. Je vous assure, ça ne va pas être supportable. » Je n'en suis plus là dans l'échelle du supportable. Je ne sais plus. Je cède. Après, le prêtre nous informe qu'il n'y a pas de lecteur de CD dans l'église, que la sonorisation n'est pas idéale. Il faudrait enregistrer une cassette et ça m'a l'air de toute une montagne. Je ne me sens pas de bricoler une cassette à la va-vite, avec le problème du rembobinage, ça ne va jamais tomber pile. Je ne me sens pas tout court. J'imagine la cérémonie avec la musique mal calée, qui démarre n'importe comment, la voix d'Iggy Pop dans l'église ou celle de Stuart Staple, complètement à côté de la plaque, et Claude qui détestait les cassettes. Le prêtre (qui a réponse à tout) me propose une solution, la recette miracle. Pourquoi ne pas utiliser l'orgue de l'église ? Pourquoi compliquer les choses inutilement ? Il connaît justement un musicien très « ouvert » lui aussi. Je note dans mon carnet les coordonnées de l'organiste.

Je dois habiller le corps. L'hôpital m'a demandé des vêtements. J'attends la dernière minute. J'y pense vaguement.

En fait je n'y pense pas, je diffère. C'est l'été, alors je choisirai des vêtements d'été. Ce serait l'hiver, je lui mettrais un pull. Ce sera éternellement l'été pour Claude. Sa saison préférée. La lumière, la Méditerranée, la chaleur, le lieu de sa naissance, Alger, la blancheur, l'origine. Retour à l'été, retour à la poussière africaine. Je dois habiller le corps, comme j'habillerais celui de mon enfant. Je dois choisir. L'habiller une première et dernière fois. J'hésite. Je ne prends pas cela à la légère. C'est important. Je veux qu'il porte des vêtements familiers qu'il aimait et que j'aimais, des vêtements de tous les jours, ceux qu'on met pour travailler, pour aller en ville. Je veux que ces vêtements ne soient pas une barrière entre son corps et le monde des vivants. Je veux qu'ils semblent évidents, transparents. Je suis dans l'appartement avec G. Nous devons porter les vêtements à l'hôpital. Je dois me décider. Je choisis un pantalon dans l'armoire, en coton léger, une coupe large, qui lui donnait une belle silhouette, faisait ressortir sa cambrure sans trop souligner sa maigreur. Je mets dans le sac sa paire de chaussures d'été, achetée ensemble après maintes hésitations. (Les chaussures d'été posent toujours problème aux hommes : la formule nu-pieds ou sandales les gêne et il n'en existe pas de belles. Comme disait Claude, ça fait tout de suite *cureton* ou *baba cool*. Beaucoup d'hommes passent l'été dans des chaussures de ville fermées, qui plus est avec des chaussettes. Ils n'aiment pas montrer leurs orteils. Claude attachait une grande importance aux chaussures : il me demandait toujours de choisir avec lui.) Pour la chemise, j'hésite entre celle, rouge grenat (type provençal mais sobre) qu'il avait rapportée d'Arles où il venait de donner des cours d'histoire du rock, et celle que je lui avais offerte pour ses quarante et un ans le 2 juin. Pour être honnête, si je lui mets la chemise rouge, je ne pourrai pas la garder, ce qui me chagrine. Je suis moins catégorique pour la chemise grise achetée aux Galeries Lafayette. C'est une chemise Hugo Boss. Je tenais ce jour-là à lui offrir un vêtement de marque, alors que nous en portions rarement. Pourquoi ? Nous étions sans doute prêts à faire des concessions à la société de consommation (des entorses seulement), signe de notre vieillissement, de notre enlisement petit-bourgeois. Je ne sais ce que Claude avait pensé en ouvrant l'emballage, lui qui portait, il y a vingt ans une épingle à nourrice en signe de rébellion. Quand j'ai acheté la chemise, je me suis accrochée avec la vendeuse qui voulait absolument me faire prendre la carte COFINOGA. Ça m'octroyait une réduction de dix pour cent mais il fallait monter au troisième étage du magasin. J'ai parlementé puis ai fini par céder. Une fois dans le bureau des hôtesses COFINOGA, il fallait encore attendre son tour, produire des pièces d'identité et relevés bancaires, remplir des formulaires et livrer tout un tas de renseignements sur moi et mes proches. Je suis redescendue, furieuse, récupérer mon paquet et payer plein pot. La chemise Hugo Boss est dans la corbeille à linge sale. C'est ennuyeux. J'interroge G. du regard. On s'en fiche. Je la sors, je l'inspecte. Le col n'est pas très net. Et alors ? Je tiens la chemise dans une main, ne sais comment la rendre présentable. Une poule avec un couteau, j'ignore ce qu'il faut faire, ce qu'on doit faire dans un cas pareil. G. me demande le fer à repasser. Je le regarde. Il est là, au milieu de la cuisine, silencieux et concentré. Il repasse la chemise de Claude, puis la plie délicatement. Son geste est d'une grande beauté. J'aurais aimé que Claude voie cela. J'ai une dernière hésitation : faut-il prévoir des sous-vêtements ? Je sais que ma question est stupide. Je sais qu'on se moque de la réponse. Je la pose quand même.

Pour la première fois, nous allions vivre dans une maison. Avec plusieurs pièces et surtout, un jardin. Seul l'étage est aménagé : une cuisine, un salon et deux petites chambres contiguës. Nous envisagions un grand chantier pendant l'été pour récupérer la surface du rez-de-chaussée, et enfin, se payer le luxe d'une chambre d'amis et d'un grand bureau que nous aurions partagé, Claude et moi. Les devis sont dans une pochette, avec les plans que j'ai faits moi-même juste avant de prendre le train pour Paris. Je me suis installée dans le jardin, sur la table de fer forgé trouvée aux puces de la Feyssine le dimanche matin. J'avais d'abord mesuré la surface des pièces, les hauteurs sous plafond, les embrasures de portes et de fenêtres. J'avais eu du mal à représenter les escaliers. Je les avais dessinés à l'envers. Je m'étais débrouillée seule avec le double mètre, Claude était occupé de son côté avec le catalogue Lapeyre. Je viens de retrouver la page où il avait additionné le prix des éléments de cuisine. Il avait aussi griffonné les dimensions d'une baie vitrée. Nous avions les clés depuis une semaine. Nous avions eu le temps de faire tomber une partie des faux plafonds du rez-de-chaussée. Nous avions apporté la plupart des cartons, les jouets, les vêtements d'hiver et les outils. Nous en étions là du projet, c'est-à-dire au tout début. Nous avions envisagé la location d'une camionnette chez Mingat et trois amis avaient prévu de nous aider.

C'est le matin du déménagement et tout le monde est là. Les amis pas disponibles, les amis fatigués, les copains pas vus depuis longtemps, mes parents, mon frère. C'est une seule et même énergie troublante qui transporte, transpire, hisse et pousse. Un bataillon silencieux mû par l'évidence du combat. Lutter contre le poids des meubles pour dire sa rage, manœuvrer ensemble pour conjurer la mort. Porter et communier en une chorégraphie parfaitement improvisée, puissante et vitale. Je suis au centre des opérations, une position qui ne me convient pas, sonnée et étrangement portée. Je suis en haut, je suis en bas, je suis devant, je suis à côté, j'orchestre, j'oriente sans jamais diriger. Parce que je ne sais pas. Je me laisse conduire et je conduis à mon tour. J'acquiesce, je doute. Je désigne une place pour chaque objet. Je dis par ici l'armoire, la plaque de cuisson, on verra plus tard. J'improvise, j'ai parfois l'air sûre de moi. Et pourtant je ne sais pas. Ce qui ne passe pas par la porte se fraie un chemin par la fenêtre. Les meubles semblent voler. Deux hommes en haut et deux en bas, des cordes sorties d'on ne sait où, des tables en guise d'escabeaux, des muscles tendus, une puissance d'un autre âge. Et les regards qui se croisent, les signes compris au quart de tour, une histoire sans paroles, l'énergie du désespoir. La maison est habitée par l'urgence de construire. Marquer sa présence, face à l'évidence de l'absence. À treize heures, tout est en place. L'ordinateur est connecté, l'électroménager fonctionne, la chaîne hi-fi est branchée. Chacun s'écroule dans un fauteuil, triste et vidé.

J'installe une planche sur des tréteaux dans le jardin, la chaleur est accablante. Je dispose les chips, la charcuterie, le fromage, le pain achetés le matin, les cannettes de bière. Un jeune homme en mobylette vient livrer des pizzas. Nous sommes à l'ombre du cerisier, comme réunis pour une partie de campagne. Nous sommes hébétés devant le travail accompli, nous sommes à l'intérieur d'une bulle, hors du temps. Chacun a besoin de souffler, puis bientôt la parole s'installe, de petits groupes se forment. Certains se retrouvent, d'autres lient connaissance. Le cercle de nos amis est presque au complet, ce qui n'était jamais arrivé auparavant. C'était prévu pour septembre, après l'achèvement d'une partie des travaux. Claude disait : « Je ferai un grand *raout* ». Je me souviens qu'il avait dit je. J'avais été surprise, ça ne lui ressemblait pas. Nous marchons sur les graviers, les cerises pas cueillies, tombées à terre, collent sous les chaussures. Je ne reste pas en place, je monte dix fois dans la cuisine chercher un ouvre-bouteille, un couteau, faire du café. Les escaliers me fatiguent, j'arrive en haut des marches avec le cœur qui bat, j'ai mal dans tous les membres. Je ne sais plus pourquoi je suis montée. Je regarde le ciel par la fenêtre, une cigarette à la main, je cherche un dessin dans les nuages, je cherche une silhouette. Je redescends au garage, en quête du Sopalin. Dans le garage, il y a la moto de Claude, une Suzuki *Savage* noire (celle qu'il n'a pas prise ce jour-là), la chaîne antivol, sa paire de gants en cuir. Je réapparais au milieu des amis. Je suis un fantôme, ma place n'est nulle part. L'impression qu'on gravite autour de moi, qu'on me surveille, qu'on m'empêchera de tomber. Je suis préoccupée par l'ancien garage (à trois cents mètres de la maison) qu'il faut aussi vider de son contenu. Mais j'ai perdu la clé, je cherche dans tous les trousseaux, impossible de mettre la main dessus. J'ouvre l'enveloppe de papier kraft qu'on m'a remise à l'hôpital. Nous descendons à l'ancien garage, avec P. Nous nous fichons de la clé, nous trouverons une solution. Nous sonnons chez l'un des voisins qui partageaient le garage avec Claude, nous résumons la situation. Le garage nous est ouvert, il y a nos deux vélos et celui de T. Il y a des bidons d'huile, qu'il faut remonter aussi, ainsi que la bassine utilisée pour les vidanges, des chiffons, des produits pour graisser la chaîne, pour faire briller les chromes. Nous prenons chacun un vélo mais la pente est trop raide. Nous poussons les vélos, nous ne parlons pas, nous sommes anéantis par la chaleur. Les autres sont toujours là dans le jardin, ils ne bougent pas, n'ont pas l'intention de partir. C'est bien. Chacun s'installe dans ce temps qui ne passe pas. Chacun trouve une raison d'être là. C'est une journée sans téléphone. Il est resté dans l'appartement avec le répondeur. Je m'y rends pour écouter les messages. Il faut encore faire le ménage, faire place nette. L'état des lieux est pour lundi. Il faut penser aussi à réparer quelques menues détériorations, pour que la caution me soit restituée. Pendant que l'un passe la serpillière, l'autre mélange du plâtre dans un récipient. On n'est pas au bout de nos peines. Il faut aussi réparer la poignée des WC, ainsi que le store de l'une des chambres, qui ne fonctionne plus. L'application avec laquelle chacun s'attelle à la tâche me bouleverse.

C'est aujourd'hui que je dois appeler l'organiste. Fin de déménagement, fin d'après-midi. Quelqu'un me prête son portable. Je suis dans le jardin. Je me mets un peu à l'écart, du côté du sapin vers le mur de clôture. J'ai préparé la conversation. J'ai repensé à cette affaire de musique. Je sais ce que je vais dire. Il attendait mon appel, prévenu par le prêtre. Je lui parle du dernier disque que nous avions écouté ensemble, Claude et moi, *Les Sept Dernières Paroles du Christ* de Haydn, que j'avais emprunté à la discothèque. Nous nous laissions parfois séduire par la musique classique. J'ai pensé que ce serait mieux pour l'église. La voix de l'organiste est lisse. J'imagine un visage lisse. Je propose qu'on se rencontre, je n'aime pas beaucoup le téléphone. Il n'y tient pas, d'après ce que je comprends, il trouve des prétextes. Il me dit pourquoi pas *Les Sept Dernières Paroles du Christ*, il n'a pas l'air emballé. Il me demande si je ne préfère pas du Bach, je dis non, que je ne préfère pas. Il propose de me faire écouter. Il me fait patienter un instant, puis j'entends le son de l'orgue. J'en déduis qu'il s'est installé à son instrument. Je suis prise de court, je n'ose pas protester. Il enchaîne des pièces de Bach, les nomme au passage, cantates, chorals, et me demande mon avis. Je n'ai pas d'avis, je suis sidérée. Je marche de long en large dans le jardin, depuis le sapin jusqu'à l'érable, avec un téléphone portable collé à l'oreille. J'écoute du Bach et je dis au fur et à mesure si j'aime ou si je n'aime pas. J'imagine l'organiste devant sa partition dans la fournaise de son appartement, en train de reproduire mécaniquement des pièces de musique jouées des dizaines de fois dans les mêmes circonstances. La musique par téléphone interposé. J'ai envie de l'insulter, et pourtant, je ne raccroche pas. Je reviens à la charge avec Haydn, je lui ai posé une question et j'entends bien avoir une réponse. Il dit à nouveau pourquoi pas Haydn, mais il a soi-disant égaré la partition. Il faudra qu'il vérifie. Je lui suggère de vérifier sur-le-champ. Je peux rappeler plus tard, je peux patienter, je peux me mettre à genoux les bras en croix, je peux tout faire. Je ne suis plus à ça près. Pour se tirer d'affaire, il me propose César Franck, et là c'est instinctif, je ne sais pas pourquoi parce que je n'ai jamais écouté César Franck, j'oppose un non catégorique. J'ai l'intuition que Claude détestait César Franck, j'en suis presque persuadée. Le nom me fait horreur, m'évoque un classique pompeux, grandiloquent. Je m'entête dans mon a priori. L'organiste n'insiste pas. Il me dit qu'il est préférable, en effet, de rester sur l'idée de Bach, une valeur sûre. Dialogue de sourds. Il tranche pour les chorals. Je reviens à la charge avec Haydn, cette histoire de partition me paraît suspecte. Veut-il que je lui trouve une partition ? Ni oui, ni non. Il prétend qu'il s'arrangera. La conversation se termine en queue de poisson, puis, dans un dernier sursaut, rebondit sur des considérations financières. Il demande trois cents francs en liquide. À lui remettre le jour des obsèques. Je suis restée longtemps au téléphone, je ne sais plus qui me l'a prêté, je m'inquiète pour le dépassement du forfait.

Nous sommes dimanche. Je me réveille tard. Je ne parviens pas à me lever. Je regarde le réveil toutes les demi-heures, plonge le nez dans l'oreiller, émerge de nouveau. Le passage est incertain, de la position couchée à la position debout. Qu'est-ce qui fait qu'à un moment c'est possible ? Je suis assise sur mon lit, dans cette nouvelle chambre au papier peint orange et vieux. J'ai probablement rêvé, mais aucune image ne se laisse capturer. Je fuis le rêve, ne veux rien savoir. J'ai un vol de papillons dans la tête, des battements d'ailes qui voilent mon regard. Ma première nuit ici : j'ai entendu les bruits nouveaux, les voitures, les oiseaux, les voix sur le trottoir, la barrière de l'immeuble derrière qui claque de façon particulière chaque fois qu'un véhicule entre ou sort. La mort de Claude demeurera liée à ce petit déclic net et léger que j'entendrai chaque soir, chaque nuit depuis ma chambre. Après, il faut pivoter, mettre les pieds par terre, ouvrir les volets. Le plus difficile est de prendre une douche. Enjamber la baignoire, tourner le robinet, livrer mon corps au jet d'eau. Se débarrasser de la nuit. L'idée du corps nu, sans protection, fragile et maladroit, inutile. Un corps qui a déjà commencé de se ratatiner, une peau de chagrin, une serpillière. J'ai un trou dans le ventre. Je reste accroupie pendant que l'eau tiède coule sur mon dos. Je verse du Monsavon parfum vanille sur mes cuisses, mes épaules. L'odeur est ridicule. Parfum vanille, ça sert à quoi ? L'amie qui a dormi à la maison feuillette une revue dans la cuisine. Je suis contente qu'elle soit là. Elle a fait du café. Je me souviens comme l'odeur du café était quelque chose d'agréable, avant. Mais je suis si loin. T. est au rez-de-chaussée. Les oiseaux ont envahi le jardin. Des merles, qui vivent en couple, paraît-il. Ça piaille de partout dans le cerisier. La lumière est d'une intensité rare, comme une erreur.

Il reste de nombreux cartons en bas. Je dois déballer, ranger, trier ce qui n'a pu encore trouver sa place : les vêtements de Claude, ses dossiers, ses disques, son synthétiseur. Et le grand sac-poubelle bleu qu'il me faut camoufler. Ses blousons viennent sur la penderie qui supporte mes manteaux et imperméables. Un côté chacun. Je les dispose sur des cintres et je ferme la porte du grand placard. Une dizaine de paires de chaussures. Ses boots marron achetées en solde à Dieppe lors de vacances en pays de Caux, ses Chelsea dénichées à King's Road (Londres) il y a plus de quinze ans, les baskets que je lui avais offertes à Noël (je pensais que courir ferait du bien à sa déprime...), ses sandales en plastique noir que la mer lui avait volées un jour de tempête dans le golfe de Porto (Corse), puis rendues miraculeusement, ses chaussures de randonnée pleines de boue. J'entasse les chaussures deux par deux au bas du même placard. Je referme la porte. Ça bourre un peu. Je fais tenir toutes les chemises sur deux cintres, froissées, pas froissées. Toutes à manches longues ; il ne supportait pas les manches qui s'arrêtent au milieu des bras. (« Ça fait employé de banque. ») Les pulls posent problème à cause du volume et des mites. Je garde ceux que j'aime dans l'armoire de ma chambre. Je laisse les autres dans un carton. Les sous-vêtements, j'en fais quoi ? Tiroir, pas tiroir ? Je laisse dans un carton. Je dois aller vite, ne pas m'appesantir, procéder à l'instinct. Ce sont mes mains qui opèrent, ce n'est pas moi. Je sais que cette illusion de rangement est une façon provisoire d'ôter ses affaires de ma (de notre) vue. Et en même temps, j'ai envie de tout exposer là, en plein milieu, parce que ça ne me plaît pas cette façon qu'on a d'effacer les traces, de tout planquer dans les placards. Ça ne se fait pas de laisser traîner, par exemple, sur un fauteuil du salon, son pantalon de cuir, ça jetterait un froid, ça aurait l'air obscène. Qu'est-ce qui l'est davantage ? Montrer ou cacher ? Ça pourrait faire une œuvre d'art, j'imagine très bien un amoncellement de vêtements entassés à même le sol. Conceptuel et morbide, comme l'est trop souvent l'art contemporain.

Ensuite, je changerai les vêtements de place plusieurs fois, parce que ça ne va pas. J'en descendrai, j'en remonterai. Ça durera des mois. Le peignoir, je l'accroche avec les nôtres derrière la porte de la salle de bains. Il y est toujours, visible. On n'a jamais vu un peignoir rangé dans une armoire. Le rasoir, le gel pour les cheveux, l'eau de toilette trouvent refuge dans une boîte en fer que je place sous le lavabo. En attendant.

Restent les centaines de disques, d'un côté les CD, de l'autre les 33 tours que je ne peux me résoudre à inventorier. Je n'y touche pas. Ça brûle. C'est toute une vie. Rolling Stones, Velvet Underground, Joy Division, The Cure (*The Forest, Killing an Arab*), Roxy Music, Massive Attack (vus un soir seule au Transbordeur en première partie de P.-J. Harvey), Tom Waits, Jonathan Richman (*Ice Scream Man* chantait Claude dans l'appartement), Underworld, Sex Pistols, Clash, Transglobal Underground (*Ali Mullah* qu'on écoutait dans la voiture, et T. qui chantait en même temps en rebondissant sur le siège arrière à s'en décrocher la ceinture), Einstürzende Neubauten (Claude prononçait mal ; moi qui avais fait de l'allemand, je le reprenais et ça l'énervait), My Bloody Valentine, Hint (soirée inoubliable au Pez Ner), Talking Heads (qu'on écoutait en boucle dans notre premier appartement à Miribel), The Bollocks Brothers, Art Zoyd... J'ai du mal à m'arrêter, j'ai envie de donner la liste entière, continuer encore et encore à nommer, préciser, dire comme chaque musique évoque un instant précis de notre vie, les souvenirs de concerts, les fêtes, les soirées agitées, les dimanches matin plus mélodieux, les discussions gentiment ironiques quand nous n'aimions pas les mêmes musiciens (fréquemment), les imitations d'Iggy Pop dans la cuisine, les réflexions à propos de David Bowie

(« Le salaud, il vieillit bien »), le mouvement de ses lèvres quand il fredonnait... Mais je ne fouille pas dans les cartons. Je ne peux les déplacer seule, il me faudrait de l'aide. Je n'en demande pas pour l'instant. Les disques sont là, ils sont bien là. Un an après, je n'en aurai réécouté aucun. J'entendrai une fois la voix d'Alain Bashung dans un supermarché, une autre fois *Yesterday* des Beatles chez le coiffeur et ça me suffira pour comprendre que je ne peux pas.

France Telecom bascule le téléphone à dix heures trente ce matin. Je peux appeler à nouveau, on peut me joindre. Appeler, ça veut dire faire le numéro de l'assurance, celui de l'assistante sociale, celui du notaire, celui de la banque auprès de laquelle nous venions de souscrire un prêt pour l'achat de la maison.

Celui du funerarium. On peut voir « le corps » jusqu'à dix-sept heures. Mes parents viennent me chercher, on y va. C'est un bâtiment à l'arrière de l'hôpital, l'impression de descendre dans un sous-sol. Des portes battantes, de la peinture écaillée, un couloir immense qui s'enfonce sur la droite, mal éclairé, des chariots avec des draps empilés. Nous croisons un homme qui nous indique une salle d'attente. On dirait qu'il a bu, ce que je lui souhaite. Nous nous asseyons sur des sièges de plastique, il y a une table basse avec des revues. Derrière les fenêtres (nous sommes au rez-de-chaussée), des poubelles s'amoncellent. La lumière des néons rend nos visages plus hébétés encore. Nous ne sommes pas dans la réalité. Nous sommes sur une frange de territoire inconnu, un no man's land où personne ne s'aventure jamais. Nous n'osons pas nous regarder. Mes parents et deux amis sont là. Cinq dans cette pièce bien trop vaste, grande comme une salle de classe. Chaque raclement de gorge résonne, chaque mouvement de pied se répercute contre les parois carrelées. Nous attendons dans la peur que quelque chose arrive. Nous sommes pétrifiés sur nos sièges, gourds et innocents. Nous demeurons dans un silence épais. Le silence d'avant la vie, avant la parole, avant la pensée. Nous en sommes encore à espérer nous réveiller de ce rêve. Nous allons nous réveiller, n'est-ce pas ? Nous nous sommes bien comportés jusqu'à présent, nous avons joué nos rôles impeccablement. Dites-nous que c'est terminé. Le bruit arrive des tréfonds du couloir, une porte qu'on heurte violemment, des vibrations dans le sol, une seconde porte, ça ne finit pas d'arriver, ça dure des plombes, comme un roulement de tambour, puis un grincement déplacé (« Il faut graisser les gonds » aurait dit Claude en se bouchant les oreilles), un claquement, un couinement de chariot dont on modifie l'orientation. Mon amie et moi nous nous regardons et pensons à la même chose. Je crois même qu'on le dit à voix haute tellement c'est grotesque : « Le plus mauvais des films d'horreur, ça l'aurait fait rire. » On devine que derrière la porte, le chariot est immobilisé, les pas approchent, et comme au théâtre, l'homme que nous avions croisé fait son entrée, sinistre et gauche et annonce que, si nous voulons bien nous donner la peine. Nous donner la peine, je note. Mes parents se donnent la peine les premiers. Ils se lèvent ensemble et disparaissent derrière la porte. On entend tout, leur respiration, leurs pas sur le sol, leur hésitation. On regarde les poubelles dehors, on ne sait plus où poser les yeux, on sait qu'on vit un moment unique, indicible, intransmissible. On sait qu'on s'en souviendra toujours, qu'entre nous ce sera quelque chose de spécial, dont on ne reparlera jamais, qui nous accompagnera toute notre vie. Et pourtant, ce que nous vivons aujourd'hui est la simple banalité de la mort, côtoyée chaque jour en chaque coin de la planète. Ce que nous vivons avec ce sentiment d'impossible réalité n'est que le négatif de notre existence, la part cachée (*The dark side of the moon* chantait Pink Floyd) aujourd'hui mise à nue. Nous pouvons désormais toucher la mort, nous pouvons vérifier comment un homme devient un corps. Ce qui s'est passé entre les deux demeurera un secret. Vient le moment où c'est mon tour. Je marche vers la porte refermée. J'entre dans une pièce plus étroite, quatre murs dénués de tout mobilier. Il est là, allongé dans sa chemise grise. Je n'aurais pas dû choisir cette couleur. Je ne sais pas de quel côté aller, à droite ou à gauche. J'improvise. Je suis tout près. Mes mains sont contrariées dans leur élan, je ne sais comment le toucher. Ce sont les cheveux que je caresse d'abord. Ils sont secs et trop longs, coiffés en arrière. Qui s'est permis ? Le visage est recouvert d'une poudre compacte. On ne croirait pas qu'il dort comme on entend dire parfois. Sûrement pas dormir. Les cils sont longs, noirs et doux. Ils l'ont rasé, ils ont cru bien faire. Où est passée la barbe de trois jours ? C'est un visage dont je ne connais pas l'expression. Vingt ans près d'un homme et une expression que je ne reconnais pas. Ce n'est pas lui qui est près de moi, il est ailleurs, déjà parti, évanoui. Je comprends ce que veut dire « le corps ». Je contourne le chariot. Je soulève un peu le drap, j'ai envie de voir ses mains. Mon geste s'arrête en route. Ce ne sont pas des choses à faire. Ça ne m'aidera pas à le retrouver, à le reconnaître. J'ai vu, à présent je sais. Que c'est définitif. Après, nous allons au café en face de l'hôpital, nous traversons la chaussée brûlée par le soleil. Le goudron colle aux semelles. La serveuse plaisante. Il y a à la radio une chanson d'Eddy Mitchell et un air de vacances.

Je pense aux obsèques. Je veux prendre la parole. Je veux parler devant l'assistance. Je dois le faire, dire devant témoins ce que fut ma vie avec lui. Dire à la famille, à ses parents, à mes parents, dire devant notre fils que notre vie était heureuse. À présent que je suis la seule à le savoir, si je viens à disparaître, à perdre la tête, si je suis frappée d'amnésie, qui saura cela ? Ça semble ridicule de parler de bonheur une fois qu'il n'existe plus, d'accepter sa réalité après coup. Je découvre aujourd'hui que j'étais heureuse. Ça me donne le vertige. J'étais inquiète, angoissée, mais heureuse. Pourquoi on ne sait pas ces choses-là ? Pourquoi on ne les mesure pas ? Parce qu'on croit que le lendemain sera mieux, forcément, on attend mieux, on demande plus, on trouve que le présent est minable, comparé à ce qui va arriver. On attend d'emménager dans une nouvelle maison, plus grande avec un jardin, on attend d'être en vacances, on attend d'avoir un deuxième enfant, on attend de publier un livre, on attend qu'il ait du succès, on attend d'avoir de l'argent pour travailler moins, on attend d'être libre. On a les yeux rivés sur l'avenir, on ne décroche pas de la ligne d'horizon. On attend d'être tranquille, apaisé enfin, on attend demain. À force d'attendre, on piétine chaque jour qui passe, on le vit comme un état provisoire, on ne s'installe pas vraiment. On a le cul entre deux chaises, on est autour de la quarantaine, on est sur une rampe de lancement, et déjà on regarde en arrière. On ne veut pas savoir qu'on est heureux. On est superstitieux. Alors on est aveugle, on est distrait, on râle pour la forme, on se plaint, on est complaisant, on ne voit que ce qui ne va pas, on en fait une montagne, on se gâche la vie, on est contrarié. On fait toute une histoire parce qu'on a pris un PV, on fait un drame parce qu'on a un pneu crevé, on broie du noir parce qu'on a fait brûler un rôti. Et puis l'essence qui augmente, c'est insupportable. Et la guerre en Afrique, en Bosnie, en Tchétchénie. On n'a pas le moral, on n'a pas de chance. C'est ce que l'on croit. Mais en fait, tout au fond, bien enfoui au fond, on boit du petit-lait. Aujourd'hui qu'il n'y a plus rien, je sais, je peux dire comme c'était bien.

Je veux prendre la parole. Les obsèques. Ne pas rater ce moment-là. Ne pas se planter. Je rédige sur un carnet. Je fais des débuts de phrases, des dizaines de commencements. Ça ne colle pas, jamais. Je suis le soir dans mon lit et je remâche des phrases. La lampe de chevet est allumée. T. dort juste à côté. Ce ne sont pas les mots qui se refusent, c'est plus grave que ça. J'aimerais dire, sans utiliser la langue, sans m'en remettre aux mots, qui, pour la première fois, ne me sont d'aucun secours. Aucune phrase ne me vient. Je dois commencer alors que c'est la fin. La fin de notre histoire, et déjà, je dois en réinventer une avec des mots. Je veux parler, désigner des témoins. Mais en fait c'est à lui seul que je veux m'adresser, à qui je n'ai pas parlé depuis plusieurs jours, c'est à lui que j'ai des choses à dire, des choses concrètes. Lui dire par exemple que j'ai un livre pour lui, il s'appelle *Nico*. J'ai un exemplaire pour lui. J'en fais quoi ? Je me le garde. Tu peux te le garder. Je suis descendue du train avec mon livre pour lui à vingt heures trente et il n'a pas attendu. Il avait perdu presque tout son sang. J'essaie de faire des phrases avec des choses comme ça. Dire qu'il ne m'a pas attendue, tu n'as pas attendu, tu es allé au-devant de quoi ? Et pendant que tu étais au bloc opératoire, moi j'étais dans le train, tranquille, guillerette, mon livre pour toi dans mon sac. J'ai voyagé dans la voiture-bar parce que j'ai pris un TGV plus tôt, sans réservation, pour rentrer plus vite. Je venais de faire le service de presse de *Nico*, deux cents dédicaces, j'étais dans l'action, absorbée, avec mon stylo plume, l'encre noire sur la page et les cartouches de rechange. Une belle journée, des mots gentils, des visages complices, le pont des Arts traversé le matin sous le soleil déjà chaud. Une journée où j'existais parce que mon livre existait, il allait partir par la poste plus de deux cents fois. J'existais deux cents fois. Je souriais facilement, pour un rien, je souriais. Cette journée était ta dernière : tu la vivais sans moi, et pendant ce temps, je souriais. Il te restait six heures à vivre, et moi je ne pensais pas à toi, il te restait cinq heures, je cherchais l'inspiration pour mes dédicaces, il te restait quatre heures, je longeais la Seine en direction de la gare de Lyon, il te restait trois heures, je plaisantais dans la voiture-bar avec un homme qui m'avait prise pour la femme d'un autre. Je n'ai eu aucun signe, rien, absolument rien. L'accident a eu lieu vers seize heures trente, je l'ai déjà dit, et rien, pas un indice dans le bureau des dédicaces, je buvais un café, rien, pas un papillon entré par la fenêtre, pas une pendule qui s'arrête, pas un nuage qui masque le soleil à cet instant. Tu peux crever à cinq cents kilomètres et moi je fais comme si de rien n'était, je bois mon café, je fais de l'esprit, je suis satisfaite. Tu perds le contrôle de la moto, à cinq minutes de la maison, tu te fous en l'air à trois minutes de l'école. Le boulevard des Belges est sens dessus dessous, la circulation est bloquée, la sirène des pompiers. Il y a un nœud, un étranglement, un engorgement. Quelque chose de grave sur le boulevard, d'irréversible. On ignore comment c'est arrivé, c'est la faute à personne. C'est ton histoire, tu es le seul à savoir, tu ne parleras pas.

J'essaie de rédiger un texte. Mais il ne s'agit pas d'écriture. J'écris deux mots, je rature. Je pars dans une mauvaise direction. Les obsèques, l'église. Prendre la parole dans ce fatras. Parler devant un micro, face à des visages connus, face à tous ceux qu'on aime. J'ai cette responsabilité. Ne pas dire quelque chose de convenu, de bancal, de déplacé. Être à la hauteur de notre histoire d'amour, à la hauteur de la douleur. Ne pas dire la douleur, apprendre à écrire simple, très simple surtout. Pas joli, pas voyant, écrire sans panache, sans ambition. Pas littéraire. Pas de phrase bien torchée. Trouver le ton. Pouvoir dire : oui, c'est ça, arriver à cette évidence-là. C'est ça, exactement.

Sa vie et sa mort, c'est ça, en dix lignes. Je n'y arrive pas. Je recommence encore et la nuit s'installe. Le matelas grince à côté. Il y a des moustiques dans la chambre, qui m'attaquent. Écrire sans métaphore, éviter les mots « chemin », « destin », « quitter », « au-delà », « paix ». Je déteste les métaphores et les paroles universelles. Je déteste la sauce entre les mots. Je déteste les mots au sens caché, qui veulent tout et ne rien dire. J'aimerais dire dans le micro : je suis là comme une merde, regardez, vous avez devant vous quelqu'un qui est mort, mais ça ne se voit pas. Je vous parle, c'est rassurant, mais je n'existe pas. Claude est mort et dans son cercueil, ça ne se voit pas non plus. Et vous, qui êtes-vous ? Morts ou vifs ? J'ai un problème avec les mots. Je les déteste soudain. Ils résistent, se rétractent. Ils me laissent sur le carreau. Je les emmerde. Qu'ils aillent se faire foutre avec leur sonorité, leur élégance. J'ai peur.

Les obsèques ont lieu demain à dix heures. Le piège se resserre. Une semaine depuis qu'il est mort. Le week-end au milieu, puis lundi, mardi, le point culminant. Je dois tenir jusqu'à demain. J'imagine qu'après, il n'y aura plus rien. J'aimerais qu'il pleuve demain, que mes cheveux soient trempés. J'aimerais ne pas être présentable, les pieds dans les flaques, les vêtements collés. J'ai rendez-vous à l'église, pour une ultime répétition. Le prêtre nous reçoit, deux amis et moi. Nous devons construire la cérémonie (nous sommes faits comme des rats, obligés de nous soumettre) : qui dira quoi, dans quel ordre, et la musique ? Nous nous mettons soi-disant d'accord, nous négocions les temps de parole et le contenu des interventions.

On ne fait pas ce qu'on veut, on ne dit pas ce qu'on veut non plus. On est dans la maison de Dieu et pas chez nous. On le comprend très vite. Nous marchons ensuite jusqu'au chœur. C'est la première fois que je pénètre dans cette église. Elle n'est pas belle. Le prêtre veut que je fasse des essais de micro. Je gravis les deux marches, me place derrière le micro, je fais ce qu'on me dit, un-deux, un-deux, oh-oh, je fais ah-ah pour évaluer l'acoustique, je ne rêve pas, c'est bien ma voix qui retentit dans l'église. C'est bien moi qui fais ce cinéma, qui me prête à ce jeu. Je ne suis pas écroulée, effondrée au fond de ma chambre, je fais oh-oh dans le micro. Le prêtre, en professionnel scrupuleux, me demande où je veux le cercueil, plutôt dans le chœur, ou dans la travée centrale. Il est des questions que je ne comprends pas du premier coup. Je prends alors un air désolé. Je dis comme vous voulez, ce qui est le plus pratique, ça m'est égal. Il dit que si on met le cercueil dans le chœur, ça posera un problème pour la bénédiction, à cause des marches qu'il faut monter et redescendre. Je ne vois pas de quoi il veut parler. La bénédiction de quoi ? Je pense à Claude, je me dis qu'il est encore temps de tout arrêter, d'envoyer bouler le prêtre, l'église, la bénédiction, le micro, l'orgue. Claude ne comprendrait pas ce cirque, penserait que je suis tombée sur la tête ou quoi ? Les images de *Breaking the Waves* me reviennent, Bess (Emily Watson) pénétrant dans l'église en short et bas résilles, par amour pour son mari moribond. Je me sens proche de Bess, j'ai envie de me faire jeter de l'église, je veux être indésirable. Mais, contrairement à elle, mon mari à moi est déjà mort, aucun sacrifice ne le ramènera à la vie. Alors j'encaisse, je me laisse traiter comme un chiffon (c'est-à-dire un agneau de Dieu). Quand la répétition générale est terminée, le prêtre veut nous présenter au groupe de prière qui se réunit justement aujourd'hui pour le pot de l'amitié. Il nous invite, mes amis et moi. Nous entendons les voix qui s'échappent d'une porte entrouverte et nous sommes effrayés. Mes amis me font un signe désespéré et nous fuyons.

Il faut faire les courses pour demain. Je proposerai qu'on se retrouve à la maison après les obsèques. Ce que je déteste, casser la croûte après un enterrement, ça m'a toujours fait froid dans le dos. Mais là, c'est différent, j'ai envie que ce moment existe, j'ai envie qu'il y ait de la vie dans la maison, dans le jardin. Nous voilà parties à Monoprix avec copine C. On se gare dans le parking en sous-sol. On prend l'ascenseur. On met dix francs dans le chariot. On avance dans les rayons, on se regarde, on ne sait pas quoi prendre. On hésite, on tend timidement le bras, on cherche l'autre du regard. Des petites saucisses d'apéritif ? Des chips ? Combien de paquets ? Du paté en croûte, tu crois ? Pistaché ? Du fromage bien sûr, du comté, des fromages de chèvre. On prend des grosses quantités. On profite des promos. On se dit qu'on s'en fout et en même temps, on ne veut pas acheter n'importe quoi. Des fruits, du café, des yaourts. La tension monte, à chaque nouvelle question, on se cogne à l'absurdité de la situation. On est face à quelque chose d'énorme qu'on ne peut contenir. On se promène en robe légère à Monoprix en pleine après-midi, on doit remplir un chariot et on n'arrive pas à choisir. On est obligées d'être là, on avance côte à côte, puis d'un coup, on n'en peut plus, on est accroupies par terre terrassées par un fou rire. On a honte du fou rire, on se regarde médusées, on a honte et on est ensemble ficelées par ce sentiment terrible. On ne peut plus se relever, on pourrait s'allonger par terre au milieu de la travée et hurler de rire pendant des heures. On sait l'une et l'autre que Claude est là, avec nous, qu'il nous voit, il fait les courses avec nous, on n'est pas folles. Il rit avec nous, il a tout compris du grotesque et de l'inévitable. C'est une scène pour lui, une séquence tournée spécialement pour lui. Deux filles laminées par le chagrin avec un chariot trop grand pour elles, qui comptent encore sur leur bon sens, leur bon goût, qui essaient de se comporter le mieux possible, en bonnes ménagères qu'elles n'ont jamais été, et qui, au milieu du magasin, pètent un câble. Deux filles qui sont passées dans la quatrième dimension. Elles pensent à lui, rien qu'à lui qui avait horreur de faire les courses, et pour la première fois, se posent vraiment la question : qu'est-ce qu'il aime ? Qu'est-ce qu'il veut manger ? Qu'est-ce qui lui ferait plaisir ? Il aime le melon et les figues. Il aime les mangues et le boudin blanc (mais ce n'est pas la saison). On prend de la Heineken, des packs d'Heineken. On en tapisse le fond du chariot. On remplit, on remplit. Quand il ne reste plus de place, on passe à la caisse. Je n'ai jamais acheté autant.

La question est là. Elle arrive comme une évidence. On la pose quand il est trop tard. Qui est vraiment cet homme qui vient de me quitter ? Me suis-je donné la peine de comprendre ? Si j'avais compris, aurais-je pu éviter ? Je n'ai pas pu éviter cela. Ça sert à quoi d'aimer quelqu'un pendant vingt ans si vous n'êtes pas capable d'éviter cela ? C'est bien beau l'amour, mais apparemment, ça ne protège de rien. Ça veut dire que c'est pas grand-chose alors, l'amour : ça n'empêche pas de mourir. J'ai l'air de faire une découverte. Mais oui, je découvre cette chose inconcevable, obscène. Qui était-il vraiment cet homme qui a accéléré trop vite au point d'y laisser sa peau ? Quelle violence l'habitait, cet homme aux yeux doux et au Perfecto ? Homme au Zippo, aux Benson & Hedges, aux mèches rebelles, homme à la moto. Violence infusée depuis l'enfance, celui qui dit non, qui ne dit rien plutôt, mais qui vit le refus. Ne pas être comme tout le monde surtout, non pas ça. Ne pas prendre le bus, jamais de la vie, ne pas être dans le moule, ne pas écouter France Inter, la revue de presse le matin, non quels cons, ne pas écouter

Souchon-Balavoine-Goldman. Homme au sourire en coin, prince de l'ironie. Second degré perpétuel drapé dans un calme de façade. Est-il mort au second degré ? Je ne vois que cette mort-là. Homme énervé par les fils à papa, leurs chemises bien repassées, ulcéré par les conducteurs de 4 × 4 (les « pare-buffles ! »), les blondasses à caniche, les jolies femmes aux maris bedonnants (« putain comment elles font ? »), les bedaines en général, les affaissements. Homme sans illusions, désenchanté, en deuil de ses rêves d'enfant. Admettre qu'on ne sera pas musicien, qu'on ne sait pas jouer de la guitare, qu'on n'a pas été « capable » d'apprendre le solfège. Admettre sans lutter vraiment. Qu'on n'est pas un héros. Se prendre cette évidence en pleine figure au seuil de la quarantaine. Impossible résignation. Ça suffoque de partout, ça fait un nœud serré, la cravate qu'on n'a jamais portée, l'adolescence qui ne passe pas. Classique. Alors on approche du bord, pour évaluer la densité du vide, on a peur de tomber, de décrocher vraiment. On se met en boule pour oublier l'abîme, la tête enfouie sous l'oreiller, les yeux clos, des boules Quies dans les oreilles. On ne supporte plus les bruits du monde, les craquements, les couinements, les soupirs. Et malgré tout, on ne se plaint pas, jamais, sauf dans les extrémités, quand on est incapable de conduire, de manger, de travailler. On est obligé d'attirer l'attention sur soi. On s'en passerait bien, on fuit le regard des autres. Quand on peut, on simule, on dissimule, on esquive, on se fond dans le papier peint, on disparaît.

Les parents de Claude arrivent lundi soir, conduits par un cousin avec une grosse voiture immatriculée 34. Ils ne savent pas où j'habite. On se retrouve à la Croix-Rousse, sur la place, côté Crédit agricole. On rentre la bagnole noire dans la cour. On est dans la cuisine, on visite la maison, on prend place autour de la table, on mange. Ou on ne mange pas, ça dépend. Les sacs de voyage sont au milieu, on les déplace au fur et à mesure, on les écarte. Les tenues de cérémonie sont sur les cintres, impeccables. Des fantômes qu'il faut suspendre, qu'il ne faut pas froisser. Après la vaisselle, nous nous installons dans le salon. Nous reprenons dans le désordre. Claude, la moto de mon frère, l'hôpital. Je peux répondre à toutes les questions (sauf une). La question qui restera à jamais sans réponse : Qu'est-ce qu'il a foutu ? Mais qu'est-ce qu'il a foutu ? Il a accéléré et après, qu'est-ce qui s'est passé entre le démarrage et le point de chute ? Si ça se trouve ceci, si ça se trouve cela. Peut-être que, une piqûre de guêpe, un malaise, la moto trop puissante, l'accélération mal maîtrisée, une flaque de fuel sur la chaussée, un chat qui traverse, un éclat de soleil dans les yeux, une défaillance mécanique, un défi lancé à la mort. Peut-être. Nous tournons autour de la question, sans conviction. Un cercle parfait que nous ne pénétrons pas. Nous allons nous coucher après la séance des cachets, des gélules, des gouttes avalés dans un verre d'eau. Ses parents dans ma chambre, au fond. Le cousin dans la chambre de T. (mon fils est chez mes parents pour la nuit). Et moi dans le salon. Des draps, des oreillers, des objets déplacés, des rallonges pour les lampes de chevet. Le réveille-matin réglé sur sept heures pile. Les volets fermés, et le ciel qui ne se décide toujours pas à s'obscurcir. Ce sont les jours les plus longs de l'année. Quand tout le monde est couché, je marche pieds nus dans la maison, je m'assieds devant la table de la cuisine et relis encore une fois le courrier arrivé aujourd'hui. Mes cigarettes sont là, fumées jusqu'à la suffocation. J'ouvre les enveloppes, déplie les papiers noircis qui me parlent de Claude, disent la stupeur, la tristesse, l'incompréhension. Je m'enivre de chaque mot, confusément, tente d'en percer le sens caché. Je m'arrime à la chair des mots, m'y accroche comme à un radeau. Je les remâche, les essore, les maltraite, les accuse. Je les déforme, les confonds, les sanctifie quand ils parlent d'amour, les méprise quand ils ne sont que des signes désincarnés. Ils sont tout ce qui me reste, une tempête de mots déposés chaque jour dans la boîte aux lettres, qui me donnent de ses nouvelles, me confient ce que j'ignore parfois, les moments partagés, les sentiments demeurés enfouis, les souvenirs oubliés. Un roman-feuilleton qui n'en finit pas, spirale brûlante dont le souffle porte au vertige. Ce qui m'étonne le plus est mon nom écrit sur chacune des enveloppes, mon nom à moi, pas le sien, mon nom et parfois celui de T., inscrits côte à côte en une étrange juxtaposition. Les deux noms qui restent, blocs indissociables qui demeurent accolés et annoncent le face-à-face bancal qui sera désormais notre vie. Mon nom qu'il faudra me réapproprier, mon nom amputé, qui semble désigner une coquille vide. Mon nom tout petit, esseulé, nom de jeune fille sans histoire d'amour, de débutante, nom recroquevillé, abandonné. Jusqu'au jour où mon nom, tracé à l'encre bleue sur une enveloppe carrée est précédé du mot veuve. L'effroyable distinction, la marque indélébile, mon étoile jaune. C'est écrit sur mon front, veuve, tracé à l'encre bleue. Je suis furieuse, je traverse la chaussée la lettre à la main. Qui ose m'annoncer que je suis veuve ?

Je dois parler demain à l'église. Que vais-je leur dire ? Que tu aimais les œufs mollets, les peintures de Jean Rustin, les rivages corses ? Que tu buvais du lait à la bouteille accroupi devant le frigo ? Que vais-je révéler qu'ils ne savent déjà ? Je vais parler à l'imparfait et ça me dégoûte. Ma voix arrivera-t-elle jusqu'à toi ? Tu n'aimais pas que l'on parle de toi, que l'on s'intéresse à toi. Tu n'aimais pas les regards qui convergent, tu préférais raser les murs. Homme en retrait. Homme au charme discret, homme au murmure. Que vais-je leur dire ? Que tu repassais tes pantalons à même le sol ? Que tu commandais des steaks tartares au restaurant ? Que tu ne pointais jamais ton compte ? L'imparfait de l'indicatif. T., quelques mois plus tard, apprendra l'imparfait. Le soir, au moment de faire ses devoirs, il récitera : je chantais, tu chantais, il chantait. Je lui dirai, pour l'aider : hier je chantais. Je ne dirai pas : avant il chantait. Il fredonnait, une cigarette au coin des lèvres. Je croyais parfois qu'il me parlait. « Tu m'as parlé ? Non, je chantais. » Et si je ne disais rien. Si je restais plantée derrière le micro sans rien articuler. Si on s'accordait un instant de silence. Notre silence, entendrais-tu notre silence ? Plus intense que n'importe quelle parole, le luxe du silence, nous te rejoindrions peut-être.

Le réveil a sonné. Nous nous habillons, nous avons du mal à rassembler nos affaires. Les uns prennent leur petit déjeuner pendant que les autres sont dans la salle de bains. Du café, encore du café, du pain, de la confiture. La conversation s'installe. C'est une journée d'été. La fenêtre de la cuisine est ouverte. Les voix s'interpellent, se répondent au travers des cloisons. Les trousses de toilette passent d'une main à l'autre. Il manque toujours quelque chose, une lotion, une brosse à dents. J'entends le bruit du rasoir électrique derrière la porte, je débarrasse la table, mets les bols dans l'évier. Je range le beurre au frigo, le lait en poudre sur l'étagère. Je sais encore accomplir cela, trouver une logique à chaque geste. Les hommes tournent en rond dans la cuisine trop petite, ne savent pas où se mettre. Ils poursuivent leur conversation, le cousin parle d'une paella qu'il organisera chez lui pendant l'été, une paella géante avec quantité d'invités. Il donne ensuite la recette de la paella aux fruits de mer, celle qu'il préfère. Le temps passe, nous sommes bientôt en retard. Je fais le tour de la maison, vérifie les lumières, les fenêtres. Nous descendons l'escalier. Nous roulons sur le périphérique, prenons la direction de l'hôpital Édouard-Herriot. Je conduis ma voiture, les parents de Claude suivent derrière. Nous avons rendez-vous au funérarium à huit heures trente. L'essentiel de la famille et quelques amis sont là. Mes parents et T. arrivent. Nous attendons ensemble dans une pièce, puis dehors dans une cour. Il y a des travaux et nous ne nous entendons pas. Nous devons parler fort ou nous parler à l'oreille. Je vais voir Claude pour la dernière fois. Il repose dans une pièce, dans le cercueil que j'ai désigné quelques jours plus tôt. J'attends que chacun lui ait rendu visite, puis je rentre à mon tour, tenant T. par la main. Ensuite, il n'y a plus qu'une chose qui compte, le dessin que T. a fait pour son père. Ce sont des moulins à vent coloriés en orange, splendides, des moulins à vent immenses d'une puissance phénoménale. J'entends le bruit du vent dans les ailes. Claude emporte avec lui ses moulins à vent. Après, deux employés des pompes funèbres entrent dans la pièce, demandent s'ils peuvent faire leur boulot, c'est-à-dire visser les dix écrous annoncés sur le devis. Vissez, messieurs, je le sais depuis le début qu'il est prévu un couvercle, faites comme si je n'étais pas là, d'ailleurs je l'ai déjà dit, je ne suis pas là. Dehors, ça tergiverse. Problèmes de convoi, de voitures, d'itinéraires. Le curé attendra.

Impossible de se garer aux abords de l'église, il y a des voitures partout. Je ne cherche pas, un trottoir fera l'affaire. Et si j'avais une contravention le jour de ton enterrement. Je repense à cette phrase prononcée il y a longtemps par ma grand-mère : « Cette année, je n'ai pas eu de chance, mon mari est mort et je me suis cassé le bras. » Une phrase que je pensais impossible. Moi je pourrais dire, aujourd'hui je n'ai pas eu de chance, j'ai enterré mon mari et j'ai eu une contravention, peut-être même la fourrière pour noircir le tableau. J'imagine tout à fait Claude en train de plaisanter avec ça. Ça lui ressemble beaucoup. Donc je me pose sur un trottoir, exprès pour Claude, pour qu'il soit fier de moi. Je prends T. par la main et pénètre dans l'église déjà pleine à craquer. J'ai le sentiment qu'on n'attend plus que nous. Nous avançons dans la travée centrale, mais ça ne colle pas. Nous avançons comme pour nous marier, cette image me traverse l'esprit d'un coup. Je stoppe net. Nous reculons et empruntons une allée latérale. Je prends place devant près de mon père. T. s'assied dans l'autre rangée, entre sa tante et sa cousine. Les obsèques peuvent commencer. Là, je ne sais plus ce qui se passe, ni dans quel ordre, ni ce qui est dit exactement. Je parle dans le micro au début, je lis les quelques phrases que j'ai fini par rédiger. Toute mon énergie, depuis qu'il est mort, est concentrée sur cet instant. Je m'en rends compte au moment de prendre la parole. Je suis habitée par lui, je suis debout, maintenue par sa force. Je me débats dans un ultime sursaut de vie, comme le canard à qui l'on vient de trancher le cou et qui court encore. Après, je rejoins les rangs et je sens la rage monter. J'assiste, impuissante, au spectacle bâclé que donne le prêtre, incapable de restituer la parole que je lui ai transmise. Je comprends alors que je me suis trompée, le prêtre est dans l'exercice de sa sinistre routine. Je me retiens, je me contiens. J'ai honte d'infliger cette humiliation à Claude. Le pire est quand l'organiste se met au travail. Enchaînements ultraconvenus, petites notes et grandes pompes. Évidemment, il n'a pas retrouvé sa partition, évidemment il ne s'est pas donné la peine, ce n'est pas Haydn, c'est la soupe qu'il sert chaque semaine. Pourquoi j'ai renoncé à Iggy Pop ? Pourquoi j'ai reculé devant l'ordre établi ? Ensuite, la parole est donnée aux amis. P. peut lire ce qu'il a prévu, un extrait de l'Apocalypse selon saint Jean. Quand vient le tour d'E. le prêtre lui coupe l'herbe sous le pied et poursuit de sa parole mièvre. Remue-ménage dans le chœur où sont assis les amis, soupirs de protestation. J'entends un « Salaud ! » qui fuse tout bas. On enchaîne, on enchaîne, re-la musique. Je me cramponne à la barre, je suis en colère et en même temps que la colère monte, je me dis que je devrais avoir le courage de m'avancer vers le cercueil et de crier très fort : « Stop, on arrête tout ! » Je vois très bien la scène, je la visualise parfaitement. Je m'imagine en train de crier stop, occasionnant une petite insurrection dans l'église. Stop ce cinéma, cette mise en scène misérable. Stop ce scénario minable. Stop le prêtre, le bla-bla, la musique, stop la mort. Mais il n'est pas question de se donner en spectacle. Cette violence-là, on la contiendra encore, on la gardera au chaud encore et encore, parce que le jour où elle éclatera, on ne sait pas ce qu'elle engendrera, on ne sait pas quelle avalanche elle déclenchera. Alors on verrouille, on sait qu'un jour cette violence se transformera, elle deviendra peut-être une force, il le faudra.

C'est la fin. Je m'avance vers le cercueil. Le prêtre me tend le goupillon, mais je suis incapable d'agiter le goupillon au-dessus du corps de Claude. Je le garde dans mon dos. Je dépose quelques épis de seigle sur le cercueil (cueillis l'été précédent dans un champ de Haute-Loire) et refile le goupillon à celui qui est derrière moi. À la place du crucifix argenté que j'ai fait enlever par les pompes funèbres, G. a posé sur le cercueil un très beau Christ du dix-huitième siècle, peint dans des tons de brun. Dans le chœur, copine C. défait les bouquets et les compositions florales pour donner une fleur à chacun. Elle doit aller très vite, les gens attendent en file indienne. Elle défait, avec rage, elle a conscience de son geste. Nous l'avons décidé ensemble, ou plus exactement improvisé ensemble. Défaire les bouquets, rendre chaque fleur indépendante et unique. Remettre une fleur à chacun, partager. Elle est accroupie sur la pierre, elle fait des gestes amples et nerveux, elle sait que ça ne plaît pas à tout le monde, qu'on défasse les bouquets. On échange un regard, on est comme au Monoprix, tellement perdues. Un autre ami vient lui apporter du renfort, et ça devient comme une petite entreprise, une affaire qui roule, c'est mécanique, séparer les fleurs, les arracher les unes aux autres. Nous sommes séparés, arrachés. Je dois montrer le chemin vers la sortie. J'emprunte une allée, la file indienne doit me suivre. Je marche vite, je me précipite vers la lumière du jour, je voudrais me sauver. Puis arrive l'instant le plus troublant. Tout le monde est sorti de l'église, rassemblé au bas des marches. Le cercueil approche, porté par mon père, mon frère et les amis. Là je bute pour écrire.

Le corps de Claude sur les épaules de mon père. Les visages de ceux qui portent, supportent, sur qui repose le poids d'une vie amputée. Six hommes qui avancent ensemble d'un pas hésitant et volontaire. Comme pour arracher le corps à son destin, le garder encore contre soi. Porter comme on porte un enfant, concentrer ses forces alors qu'il est désormais trop tard pour dire son amour. On ne peut plus que porter son corps, l'accompagner, le protéger encore quelques instants avant la disparition inéluctable.

Je suis dans le square. Seule soudain malgré la foule, abandonnée sous le ciel voilé de juin. J'embrasse, je suis embrassée. F. me serre fort. Je me souviendrai de son étreinte, toujours. Rien n'entrave les gestes, on n'a plus rien à perdre, on se jette parfois l'un contre l'autre. Je passe d'un groupe à l'autre, je repère ceux qui attendent, ceux qui hésitent, ceux restés en retrait sur le trottoir d'en face. Mes yeux voient tout, comprennent tout, détectent, scrutent. Je suis dans un état de profonde lucidité. Je parle, je souris, je remercie. Je sais qu'on m'observe, encore une fois, et j'ai hâte d'échapper aux regards qui ne parviennent pas à déceler la moindre larme. Je suis au-delà des larmes, sur un rivage inconnu d'où on ne revient peut-être pas. Je suis sur mon île, séparée du monde. On ne peut m'atteindre. Je suis un animal préhistorique recouvert d'une lourde carapace. Je vis hors du temps, comme une météorite détachée de sa planète, lâchée dans l'espace, sans destination. Je vous embrasse et mes bras vont jusqu'à vous. J'articule des paroles, ni feintes ni hésitantes. Je lis ce que disent vos visages. Je devine en regardant vos lèvres, je sais tout de vous. Ce que je donnerais pour être à votre place, vous n'avez pas idée. Je sais qu'en me touchant, c'est Claude que vous touchez, c'est lui que vous regardez pour la dernière fois. Je sais qu'il s'est substitué à moi, il s'est glissé sous ma veste. Je suis double parmi vous. J'avance avec ses jambes et ses cheveux à la place des miens, et sa barbe qui déjà pousse sur mes joues. Je suis possédée. Qu'est-ce que je vais faire de tout mon amour pour lui ? J'en fais quoi ? Je le range dans une bibliothèque ?

Je suis un animal très vieux, essoufflé, vidé de sa substance. Je monte dans ma voiture pour l'ultime voyage. Des portières claquent. Moment de confusion. Qui monte avec qui ? Je démarre et chacun démarre. Je ne sais pas où est le cercueil, devant, derrière ?

Je ne sais pas où est T., dans quelle embarcation ? Désormais, nous ne prendrons plus place tous les trois dans la même voiture.

Les grilles du cimetière ancien sont grandes ouvertes. Le convoi est stationné près de l'entrée, dans une travée. À quelques mètres, le trou. Je ne peux rien empêcher. Le corps, le trou, Claude, le cercueil, la terre, une terre très moche pleine de gros cailloux. La croix de bois, frêle repère provisoire, l'inscription sur la plaque provisoire avec le nom et les dates 1958-1999. C'est mathématique, sans appel, c'est déjà gravé. À présent, il faut mettre le corps dans le trou, c'est tout. Ça tangue au bout de la corde, comme à chaque enterrement. Ça bute contre les parois qui s'effritent. C'est lourd, c'est réticent, c'est obligatoire. Je m'accroupis au bord du précipice, je regarde pour être sûre. Je reste longtemps accroupie avant que la terre ne recouvre le bois et j'entends la grue, de l'autre côté du cimetière, qui émet un cliquetis lancinant. Je pourrais rester là sans me relever jamais. Un clocher sonne midi. Personne ne bouge. Mais le cimetière doit fermer bientôt. On va nous mettre dehors, sauf Claude, qui peut désormais transgresser toutes les lois. On est debout, les uns contre les autres, on forme une masse compacte. On n'est pas sûrs de ce qu'on vient de vivre. On n'y croit pas vraiment. On supporte parce qu'on est sceptique. On se répète mentalement que « c'est pas vrai ». On est dans le « c'est pas vrai, c'est pas possible ». Au cœur du déni. On vit l'événement le plus tragique de notre vie, mais heureusement, c'est pas vrai. On va retomber sur nos pieds. Il va revenir, il sera là. D'ailleurs, il nous attend sûrement à la maison. C'est ce que j'imagine les premiers jours quand je rentre chez moi. Je crois qu'il sera là et qu'il aura ouvert les volets. Je fais une fixation sur les volets, je veux qu'ils bougent. Ou j'entends sa moto qui approche du portail, je tends l'oreille, je suis certaine que c'est lui. Toute la journée j'entends la moto qui arrive. Puis je n'entends plus rien. Quand je mets la clé dans la serrure, j'attends qu'il se passe quelque chose. Je tourne la clé et j'ai peur de ce qu'il y aura derrière la porte. Et en haut des escaliers. Je monte les marches de la maison vide. Je mets une heure pour monter.

Il y a ceux qui doivent reprendre le travail, ceux qui doivent reprendre la route, ceux qui ont toute la journée devant eux. Nous franchissons la grille du cimetière. Nous partons sans lui.

Nous rentrons chez moi pour demeurer ensemble. Il y a désormais un chez-lui et un chez-moi. Chacun chez soi. Nous installons le repas froid sur la table à tréteaux dans le jardin, comme le jour du déménagement. Nous nous retrouvons à l'ombre du cerisier. Les deux familles, les amis fidèles, une petite fille dans une poussette, des enfants plus grands. Je passe d'une chaise à l'autre, je me lève, je ne sais pas quoi faire de ma peau. Je ne trouve pas ma place. Je suis entourée de tous ceux que j'aime et je suis mal. Je sais que chacun va finir par s'en aller, même tard, même demain. T. annonce, depuis la fenêtre de la cuisine, que copine C. a préparé un clafoutis. Chacun va retourner à sa vie. Chacun va faire l'amour. Chacun va poursuivre ce qu'il a commencé.

Du même auteur :

La Chambre des parents, roman, Fayard, 1997.

Nico, roman, Stock, 1999 et Le Livre de Poche, 2001.

Composition réalisée par NORD COMPO

IMPRIMÉ EN ALLEMAGNE PAR ELSNERDRUCK
Dépôt légal Édit. : 29795-02/2003
LIBRAIRIE GÉNÉRALE FRANÇAISE - 43, quai de Grenelle - 75015 Paris
ISBN : 2 - 253 - 15426 - 1

31/5426/7